2010GTX

來者著

目次

8 藍天
10 夢蛋蛇
11 奇怪的夢
12 那些看不見的手
13 秘密
14 聽
15 線性
17 金手指
18 特級肉品
20 遊藝場
22 清醒夢
24 斷尾
25 解牌
26 契約
27 折返
28 因為我不能為生命佇足

30　魚
31　圍
33　Beginner
36　香奈18
37　畫素
38　奇美拉
39　梅杜莎
40　空熱量
41　梵音
43　紫羅蘭之歌
45　梅林
47　2010GTX
56　Beatrice 4-4-4-12
64　無分別卍瓦（0 plus）
65　2100Ultra+
72　莫德烈

75 軍釘
76 鬥雞
77 紅。1989
79 死亡證明
80 小小
81 植物圖鑑
83 邪惡之庸俗性
84 騷動
85 兵馬俑
87 悟道
91 綠
92 發願
93 光盤
94 標準化測驗
95 節拍器
96 變形蟲

98 綠光
103 孟山都
105 in medias res
107 水煙
110 杜拜
112 保單
113 【上帝在天國也要教會】
114 朝聞道，夕死可矣（Who Real Cool？）
115 剽竊
116 簽
117 黑子

藍天

要有多即時的運算　才能織出一片藍天？
要像藍天一樣的藍　不容許
猜測藍天其實不是藍天

信仰走在一切之前
當我們相信了欺騙才能夠去檢驗
進步是毀滅樂園的入場卷

宙斯只活在平面　只能用2D的閃電
每當再被讀過一遍他就得再被吃一遍
生命的關鍵在於體驗
我們應當崇拜唯物的哲學

或許真有可能難免踏上正確的琴鍵
像猴子帶著傻笑敲打
最後完成數百頁的莎士比亞[1]

單靠機率恐怕很難說服
我們的相遇只是一種偶然
命中注定的那個子宮
到底是哪些分身的墳墓

---

[1] 無限猴子定理：指若給猴子無限的時間，即使猴子不會打字隨意地敲打字機也有完成有意義的作品之可能。

終究是否有種缺陷始終讓我們勝出
或者我們始終走在無縫接軌的平行世界
始終相信眼前的邏輯與日常
信仰走在一切之前

我們當充滿感激地去探索
作牠胃裡的砂礫將所有荒謬研磨
無法入眠的夜其實也是藍天
單色的魔術方塊多面且多邊

我們可以用彼得原理[2]去解釋每個次元
但離開樂園我們只能繼續向前
追求超出我們智慧的進程與浪費

---

[2] 指在一體系中人員在不斷升遷後總會被升到一個他無法勝任的位置。

夢蛋蛇

耽美的步聲呼喚著
貪饞之後千年的沉睡
循環的因果和源頭
為何？
是夢是蛋或者是蛇？
順序倒錯媾養幻生之名謂
存續生建於順序之必要？
在洞裡等待
步聲探近或走遠（是夢或者不是？）
新生還是甦醒？
沉沉睡著　我們
是夢是蛋或者是蛇？

奇怪的夢

我一定是在草地上睡著了
否則我不會作那麼奇怪的夢
我夢見有隻蛇張開嘴
一口把蛋生吞了然後倒臥
做起許多奇怪的夢
其實牠也是迫於無奈
百般的不願我想
若有廚子願意為牠料理
牠也不用耗盡所有精力
順從野性或野蠻的驅迫
奮而吞嚥然後陷入長長的睡眠
那夢境太過真實
我摸摸肚皮向橢圓的天空望去
多麼奇怪的夢
多麼奇怪的夢

那些看不見的手[3]

那些看不見的手　撫摸
我　和我手上這顆渾黑的咖啡豆
如同撫摸硬幣上不知名的人頭
我們都是在這樣的愛撫中
漸漸變得光滑、晶瑩而且嬌柔

黑色的土地　金色的咖啡豆
隨著我們在夢裡顫抖
在撕下我們的皮上簽名之後
我們就只負責落果
直到七彩的咖啡豆淹沒他們的骷髏

當我撫摸他指上的石頭
母親已不再挨餓
我是黑色的手　他是金色的咖啡豆
我們都是
飢餓的彈殼

---

[3] 亞當斯密於國富論中述及市場交易有一隻看不見的手使供給及需求均衡，冥冥左右價格；而多手指公共事務涉及多個部門經手及合作，常難從單一部門一窺全貌且難以追究責任。

秘密

我被發覺偷走了秘密
而將被懲罰
當被問及最後的要求
我請求打造一只貌似無解的的鎖
秘密可以拿走

聽

把車輪從時鐘取出
瞳眸就斷腿開始乞討多餘的慈悲
雷電閃動的同時純真的耳朵被迫受洗
等待磅然的教義

是誰送了禮物　要空屋簽收
不過是小小的圖案就要認領同樣空洞的住居
沒有人承認卻沒有人不默許
哭泣私通回音　吞掉自己

囚衣已經很貼身地裁製
要給在貓之後過橋的傻子
太陽莫衷一是　箭卻已經上弦
夜空是看板　漆好一輪永不下落的滿月

大石終於被搬開　卻沒有人看見棺材
信仰無處下葬　還不願意皈依月光－
活著沒有呼吸
死了　但還有心跳
那個時候聲音就已經叛逃
肺葉浮腫　擊破最虛無之空

就要來了　準備好－
雷光之後我們就不再聽見
我的聲音　他很餓了

線性

進步往往來自需求
而需求應當來自揮霍
無法隨著進程而文明的
必然該被淘汰

在規律與不規律之間
鐘擺似來回的產線
為世界時時校準
免於混沌

當然我們會有時間
永遠都有時間緬懷過去的榮光
但是聽那齒輪運轉製程更替
這已經不是敢不敢或要不要的問題

現在不進步就準備被取代
淹沒在洪荒長河　總在
一個轉眼之間我們發現
自己也對自己油然生厭

唯一不變的真理就是改變
唯有持續精進　1.0至n.0
才能避免末日的降臨

偉大的傳統來自勇敢的創新
創新帶來選擇帶來更多的快樂
我們總需要更多的快樂

年輕的心靈　無疑
是最佳的耗材
參差不齊　鎖匙的齒
完美的π

於是我們當推動革命
讓競爭摧毀舊的勢力週期越短越好
直到
我們用盡所有柴薪

金手指[4]

金色的柵欄釘進
智慧的窠臼
是想像的監牢或是
舞弊的軌道
金色的琴鍵
如階梯
看似充滿次第
卻在樂章上胡亂地迴旋
半音接著半音
測試
1/4個半音漸強（會不會）
剛好在9又3/4個音
切進
背離常識的後台
在下一次開機之前
盡情遊戲
無知之幕[5]什麼的
誰知道呢

---

[4] 記憶體插接至主機板金色齒列的部分。記憶體通常掌管資料暫存，電源關閉後就會清除。此外金手指亦可指修改遊戲參數的作弊軟體。

[5] Veil of Ignorance，由John Rawls提出，指遮蔽所有社會身分階級，任何人因為擔心自己在制度設立後可能出現在任何一個位置而能做出最公正的評斷與分配。

特級肉品

卡車緩緩舉起滿車幾近完好的蔬果
將一整片農地的重量倒進豬的預備食槽
飼主看著我露出得意的笑
「這個年代豬吃得比人還好
　因為豬沒有節食的煩惱
　豬吃得比人好長得比人胖
　豬好人好市場好大家好。」
如果慶幸當季食材並非當地腐爛
也許太過一廂情願？
自然本無謂產能
更沒有高碳足跡這樣複雜的困擾

通常這是最困難的時刻
拎著大把的彩票或代幣
不能決定應該要繼續
或換個獎品離開
終究也只是消磨時間而已

也只有在半生不熟的夜
無人看管的號誌
方向交錯卻不指向任何一方
是否踩下油門
奔向不知是逃離或追逐
才會有的
那種猶豫

就向遠方而去
朝向曾在身後的薄光
加速　如風如電般馳騁
直到再一次
撞進那充滿疼痛劇烈的破裂
粉碎……像肉桂灑上滿月……

不希望為瑣事所苦不希望突如
其來的愛情突然地
為分配不公的遺囑加上但書
不希望為落日所苦不希望半途
而廢的末日突然地
公布廢棄大樓的配電圖

應當倒塌的支柱　可被約分的質數

我已經看見她那麼婀娜地
端詳碎晶裡輻散的風景
在血再次淘洗我的心穴之前
請讓我記得
有一瞬間
那迷離的閃光
曾扎碎我眼底的流金

夕陽無限好，只是近黃昏－
不可褻玩的詩行有不可言說的智慧
於是我們當謙遜地等待
盲目的車軸轉至眾所期待的偏軌

把握最後一點僅存的尊嚴
來滿足這橘色的想像
並非所有軍階的式樣
都能契合預先排定的宣言

橘色的黃昏是熟透的柑橙
飽漲的汁液充滿怨憤
因為演練著過長的等待
逕自重複發酵而悄悄變酸

過時的酒也不叫人清醒
無論多謙卑、充滿禮節
虛妄的彼岸且守空閨
任人擺渡的任人擺佈
往前或往後－
莖節孿生的謊分兩頭開的花

我當將自己洗淨
以渡罄竹難書的河岸
每一根針穿過喉嚨的同時
穿出難以言喻的真實

如果你相信夕陽的故事
請隨我謙遜地等待
沒有人能決定方向
方向也不做主
但任何情懷都能積儲
皈依黃昏朝拜的酵母

斷尾

波影推移
冬蟲在等待瘸足的壁虎
牠的尾巴斷在夕陽升起的獵軌
而閣樓已經淨空
等待敗日入住
一株豬籠草　靜靜狩在
教堂的斷影
信仰的結尾是犧牲還是重生？
所有季節都在鼓譟
爭奪餘下的四張椅子
垂日所想的　卻只是蟲兒的瑣事
無能顧及孿生的前世
畢竟信仰的結尾
沒有人知道
閣樓裡已經沒有聲響
光影推移
在不透明的水杯裡擁擠

解牌

當她為我翻開代表過去的牌
她說我的心城是座不靠海
的壙　四季分明但只產豺狼跟惡虎

翻開代表現在的牌
森林紮滿繩結　在火裡沐浴
從火裡抽長　夢在土裡化作腐水浸洗信徒的腳

未來
是張飽結霜珠的網　空心的八卦
望進不見底的黑暗就跟著溶解於
惡意留下的線索

我揉眼環顧四周
除了我再沒有別人

她將牌蓋起　柔聲問我
選擇哪一張牌當作過去

契約

我預約了一個永恆的國度
按照規定虔誠、感謝、忍耐
每日辛勤地工作
接受試煉
不理會任何有形無形的不公不義
因為他們允諾了我一個永恆的國度
（在那裏將不會有夜晚　金光燦爛的天
　將吹奏聖樂　杯中斟滿美酒　不間斷地狂歡
而你必須每日辛勤地工作　接受試煉）

比較兩張圖片共一百個相異點
出門前別忘了關燈
總有因為眼疾導致的筋骨痠痛
你已經讓她等了多久？
起初只是因為拿錯了外套
後來發現進不了屋所以強行進入
卻時時擔心莽撞的行徑給宵小啟示
然後是拴不牢的窗鎖
沒有關的收音機
忘記收整的雨傘
等到發現的時候
雨已經下了好一陣子
你甚至忘了為什麼又折回屋裡
她還在嗎？這麼想著的同時
夢卻醒了
除了疼痛之外沒有一項細節是真的

因為我不能為生命佇足

因為我不能為生命佇足所以她慷慨地為我解囊
把我送進丹爐
所謂生命不過是一縷輕煙
如同永恆

她點過一根火柴
煙霧之中出現
那些討厭我的或我討厭的人
大口喝酒大聲唱歌
像是慶祝十年一度的節日

她再點一根火柴　白煙噴出
我的愛人面無表情在表演雜耍
先前的戀人和再之前的戀人彼此問好
然後變魔術似地將對方鋸成兩段
之後的戀人練習發聲
而之後和更之後的的戀人比賽舉重
輸的人走上鋼索
身子輕飄飄地竟走得浮了起來

又一根火柴燃起　青藍火光之中
冒出一個是我但長得不是我的人
雖有大人的聲音卻包著尿布
走著走著一跌摔進我父母懷裡
我看見一陣白光

領我走向光亮她
忽然一把掐住我的脖子
喉頭一緊　我不禁咳嗽
急忙打開車窗
適才發現其他人都還睡著

魚

巨大的黑影是巨大的烏雲
他們瞪大眼睛無聲呼喊
擺動身軀他們沒有理由不看見
同樣安靜的黑夜
誰能讀他們的唇解開視覺的詛咒？
萬物不立體而所謂萬物
也不過是巨大的黑影
等待　只是等待－

我們該伸出一節指骨
欺瞞教堂屋頂的產婦
繼續迷失在不立體的輪迴
或許謊言是一只晶瑩的水族箱
我們只是被允許攀附
為了吸去周作不息的惡血
如同我們迷信風水
以為他們會為我們帶來財富
雙眼蓋上銅錢
我們仍將航向不立體的輪迴

圉

從來只有漸進　而沒有衰退
時間之為線性如同我們之為補丁
新的葉子開在無葉之處
法條就一條一條堆積
除了持續更新別無他法
曾經肆虐的逞威的
都要在新增、判例、解釋文下頹萎
重新定義
過去並不離開　它們只是在遺忘和遺棄裡
暫時廢止
終究我們會發現自己始終躲在一個最侷促的片刻
等待某一隻有溫度的手
伸進我們
穿戴著　拿出烤爐裡最熾熱的餐點
也許就這樣
我們盡管揮霍墨水
士衛還不夠多
迷宮還不夠大
他還有逃脫的可能

Beginner[6]

~We can be reborn all the time

睜開眼吧　眼前是全新的世界
有關過去的知識和經驗全都捨去
加入擁慶新生的行列
不再眷戀過往的傷痕
全新的身體值得全新的心神

睜開眼吧　眼前是全新的一切
沒有不能犯的禁忌或是規則
為別人畫好的地圖背書不如開拓自己的道路
不要貪戀積攢的財富
全新的生活值得全新的揮霍

拋開那些算計　拋開那些鍊鎖
讓生命摧毀存在
We can be reborn all the time

閉上眼　關掉令人心煩的成見
生存叫人悲憐
最美的光線只存在這一瞬間

---

[6] 日本團體AKB48單曲名稱。

睜開眼吧　眼前是全新的世界
我們要用童心淨化過去的污穢
用純粹將所有化為烏有
焚燒古老的訓誡或教條
哪怕因此受傷因此被撕裂
全新的完整值得全新的破碎

拋開那些算計　拋開那些鎖鍊
讓生命支配生命
We can be reborn all the time

當低垂的眼眸重新睜開之時
一切都將歸零
沒有人可以阻擋我們前進
全新的心靈值得全新的生命

睜開眼吧　眼前是全新的世界
有關過去的苦難折磨全都捨去
不過是包袱而已
Let us be reborn one more time

睜開眼吧　眼前是全新的一切
沒有熟悉的禁忌或是規則
選擇你想加入的行列
Let us be reborn all the time

拋開那些算計
拋開那些鎖鍊
讓生命摧毀存在
We can be reborn all the time

而我該否將妳與夏日相比？
妳更為繁茂、齷齪、包藏災厄：
發亮的瓜藤滾遍沃土提煉
滿園熟爛化膿的瓜果
　　白晝金豔有永難跨越之輕蔑
　　萬物崢嶸為永難滿足之飢餓
　　宿於長日聽醞釀的棋局淺寐
　　重重惡影披腥澀之葡枝輪迴
黑暗之中才有發光的階梯
美麗才當遺落誘捕的蝶徑
獵網百摺黑水裡探尋闇鱗
黑子萬千網目間爭相吐信
　　當夏日終將敗毀斂目於黃熟之鐮螯
　　這黑暗的階梯當簇擁妳賜許妳永生

畫素

任憑基因挑撥
深情如我陳腐一如以往
在風化的世紀裡等待
潮潤沙堡緩緩吃進
幽幽環灘
層層交錯的浪盤

　　為魚子摩娑
　　早破的殼
　　探出深黝巨喙
　　或終將啄開貪饞的鳥胃

下一個風化的世紀
陣陣打上沙岸
潮紅的卵跳動
環環如夢似幻

奇美拉

是因為哪個孩童
一時的興起或是好奇
或是受了哪部電影的影響
給牠一張柔軟的床
和堅固的屋頂
從此牠再不流浪再不找尋
　　蒙面的血親
所有有關記憶的原因收起翅膀
靜靜蜷進美夢無痕的殼裡
精緻的水晶球枕得安穩
　　雪花卻仍飄個不停
而或許睡眠並不是終點
總有等值的勤務必須實踐
夜裡充滿盜賊和善謀的訪客
荊棘編織的耳朵
卻常在血跡裡靜默
如果羽翼不是為了禦寒
它當張開迎向風首
任千風馳乘　領髮毛鼓噪
除非開展的雙翅太過鮮豔
是為貪婪的目光打造
躲在翅裡邪魅的蝶眸
　　之後
一支高舉微曳嗜血的蠍鉤

梅杜莎

一度妳也美麗
至今我仍傾心

分不清哪對眼睛
繼續捕獵著愛情

我只能從鏡裡看妳
直到妳看見妳自己

空熱量

霜淇淋與酒精
汽水配上炸雞
旅行是種必須
做愛還算應景

霜淇淋或者酒精
縱火還有車禍
混亂只是練習
破壞才是目的

霜淇淋加上酒精
死亡以及愛情
繁殖隨心所欲
氧氣以及血液

梵音

眼不見　心不念
不見面　不想念
如果不是在她眼裡看見妳的身影
我不會苦苦追尋她顰笑間
妳曖昧的神情

眼不見　心不念
妳的聲音從所有喉頭穿透
於是只有妳
我真的覆誦

眼不見　歷史如蟬聲
蛻去一葉一葉不再傳唱的夏天
心不念　不再習練的
歌曲只是鬼魅
只能等待活物的垂憐

肉身方能遮掩
欲拒還迎的光線
妳在青春之中甦醒
恣意留下
霸道的唇印

眼不見　心不念
當我在字裡行間
讀到令人羞恥的秘語
無論何時
我都將以血為祭
只有妳
我真的呼喚

——

永恆的美麗　如妳
應當永遠如此美麗連香氣
都隨詩行相砌望形便生其義
喬叟的騎士走在前頭　大家（都）在等接下來的故事

永恆的美麗　如妳
應當永遠如那禍水降臨
雖然我們已經說好彩虹之後沒有大雨
查理曼的騎士走在最後　英勇得連天使也動了凡心

梅林

領帶當微微傾斜
西裝服服貼貼
自然流露黯然、哀傷
並且適時地哽咽
一切都是為了不容潰壞的未來
天命之選－我最愛的詞彙

守護正義
邪惡當被自根刨起
恐懼的火若不捻熄夢魘就將化形
走進我們的城街
高樓垮下的同時
我們同時見證撒旦的勝利

因此除了更嚴格的安全機制
我們當更信任彼此
團結共築更互利的家園
筆比劍利
友愛重於誠信
明天來臨之前先享受今晚的美夢
那些邪惡都是昨天
已成過去

筆比劍利
請同意更充裕的國防軍資

幸福的額度總是有限
但為了明天我們當以明天為注
明日的財富衍生今日的財富
（衍生的）工具雖然複雜
也不脫幾個熟悉的單字
筆比劍利
請在底下簽上你的名字

主啊！我們當咒詛
為何生於如此之亂世
撒旦的使徒試探我們
讓我們流離失所
筆比劍利
墨水沉過正義
請為我們指引方向
提供止住癲癇的良方

那如夢魘的昨日正一步步向我們走來
我們不能耽於無窮無盡的焦慮
恐懼的火若不撿熄
無名的獸就將染指我們卑微
單純的小城

筆比劍利
請同意足夠救市/世的紓困並對其用途
不再過問

2010 GTX[7]

莫爾定律[8]加上資本主義
或是其它一些什麼對社會有利的策略
於是智齒一次就拔兩顆

所謂文明的進程全為人類進化所設計
而企業是追求幸福的手段
從Q1、Q2到Q3獲利
逐步漸增所以Q4[9]也不能少賺

---

[7] 電腦顯示卡製造商NVidia之顯示卡常用數字搭配英文字母來表示顯示卡的等級，舉例來說，GT之上有GTS，而GTS之上有GTO、GTX、Ultra，其中GTX在近幾年（從geforce 7 series開始）常被用來代表一個世代顯示卡的最終型號；事實上其主要對手ATI亦用類似方式標記相近世代顯示卡之等級，只是其用的代號為GT、Pro、XT、XTX。此外據傳2010年正是一波15年象徵死亡的冥王星勢力影響的開端。

[8] Moore's Law，由電腦中央處理器（CPU）製造商Intel創始人之一的Gordon Moore所提出，主要指出電腦性能進步的規律性，隨著製程技術的規律進步，積體電路（IC）製品的產量跟性能亦規律成長，而製品的成本亦可規律地下降。

[9] 指1st quarter到4th quarter，商場上說的第一季到第四季。

Tick-Tock[10], Tick-Tock,
快跟上入時的搖擺
不學會怎麼揮霍就只能等著被淘汰

最新添購的習慣
本來就應該隨著季節被替換
超後現代超級好穿卻超落後趕快重灌
新的時代就需要新的典範
1999已經是過去的事
誰還在乎它是不是GTX
2000正是當令快來預約　BIOS[11]已經寫好
還有十倍半打的Catalyst[12]

---

[10] 模擬時鐘往前進一秒所發出的聲音，為Intel所提出的兩年一輪的產品策略；每一個Tick-Tock就是兩年，每一個Tick指的是製程的提升、微架構的增強，而每一個Tock指的則是維持一樣的製程進行微架構的革新。在製程和核心架構雙方面輪流改進，既可避免兩頭失敗的風險，亦可持續刺激市場。

[11] Basic Input/Output System。嵌於電腦硬體系統上的最基本軟體程式碼，提供電腦最基本的運作，並於系統啟動時作為系統與硬體溝通的橋梁。

[12] ATI顯示卡的驅動程式別稱。

石器青銅到鋼鐵　槍砲核彈到刀劍
愛因斯坦的相對論Crossfire[13]了半天
還在看不見的洞穴
不如泡杯香醇的咖啡　到世界各地去回沖
65、45然後32
22、16接著11[14]
像個幼兒別再呆呆地數數　我們已經開發了全新的神話

Tick-Tock！Tick-Tock！
快跟上入時的神話
不學會怎麼揮霍就只能等著變成笑話

神話、論語還是聖經
都沒有哥白尼或伽利略來得正經
佛洛伊德在冰山底下藏了拉岡
這顆十角骰就輪流展示它的object a
榮格用粉筆幫大家寫下了達爾文的Sonata
亞特蘭提斯就拉著MU[15]去找馬雅

---

[13] ATI顯示卡的多重顯卡運算技術，較常見為使用雙卡運作。雙卡交火的其中一種運作方式是把電腦螢幕畫面切割為上下兩半，分別由兩顆顯示卡的圖像晶片（GPU）各自運算，再組成為一個畫面。
[14] Intel CPU Tick-Tock路線圖的製程進程，單位為奈米。
[15] 和亞特蘭提斯跟馬雅同為消失的古文明。

然而我們總是討厭自己的小腹
地殼底下已經塞了太多的脂肪
不如試著幫我們自己補妝
遙遠的地方總該還有可供食用的愛人775
盡管無限大的樓梯走起來無限小
1366-775, 1156, 771[16]
樓梯上早站滿了人　壓緊的琴鍵
哪裡彈得出聲音？

Tick-Tock！Tick-Tock！
那麼讓我們輪流忘情地跳躍
快跟上入時的舞蹈
不學會怎麼揮霍就只能等著被忘掉－

有個老頭每晚都來找我
說他牙齒已經掉光所有的事情也都忘掉
我總幫他換上新的齒臼
告訴他嚼著嚼著哥倫布就會發現新大陸
但沒提醒最靠深淵的劣齒
有一天會痛得讓他哇哇叫
那是以後的事情讓我們以後再來煩惱

[16] Intel CPU 在主機板上的腳位，2009主流為775，但在2010會換成1366、1156、771三種腳位。三種腳位各有其各自專屬之CPU，相互不可混插，最主要的差異在於價位的區隔，1366最高，771最低。

眼前讓我們解決進步必經的歷程
86, 88加88
等於95, 96加98[17]
（88-98）SLI[18] →易經太極+八卦
tick-tock寶貝神奇的半衰
不如半衰的神奇寶貝tick-tock-
Chu[19]！ 神聖的一吻定下了永生的契約
我們再不懼怕father伊甸和mother女媧

[17] NVidia為因應ATI3800系列顯示卡的強勢挑戰，將原本舊一個世代的顯卡以更名、僅增添少許新特徵的方式，搭配重新制價重新推出，常令不明其中奧妙的消費者以為是新一世代的顯示卡。此處所指之顯卡型號分別為8600GT、8800GS、8800GT，後來依序變成了9500GT、9600GSO、9800GT。

[18] NVidia顯示卡的多重顯卡運算技術。

[19] 日文中的chu有親吻之意。另外日本紅極一時的漫畫、動畫"神奇寶貝（Pokémon）"中主要的角色之一名為皮卡丘（Pikachu）。

所以不用擠排隊入列
有多少的面額就站多少的腳位[20]
雖然吃飽的小豬終究要被打破
我們已經備好等胖的豬仔就等你來投資
讓我們一同享受這空前的進步
86, 88加88
等於95, 96加98
（報告！GT300[21]已經可以補位）
（噓！－）快來跟上入時的舞蹈
不學會怎麼揮霍就是枉顧自己的義務

Tick-Tock！Tick-Tock！
拜占庭代工出貨　偉大
共和國[22]出品的小豬　肥嘟嘟－
Tick-Tock！Tick-Tock！
沒有產品不會半衰　沒有盤商不綁保固
快樂地喜新厭舊　謙卑地換貨回收－
Tick-Tock！Tick-Tock！
Tick-Tock！Tick-Tock！

---

[20] 指電腦主機板上給CPU預留的位置，須搭配相同數目針腳的CPU方可運作。

[21] NVidia規畫於2010年推出的GPU核心型號。

[22] 華碩恰有一系列為高階遊戲玩家設計的主機板稱號為“玩家共和國”。

Overclocked[23] C/P u[24]！
Everlasting C-H-U！

有些敗類還在默默地崇拜
以為自己的u不會烙賽[25]
信仰不過是有系統的想像
I告訴U：
人生的劇本已經寫好只是不能偷看
但是要全力以赴
為了署名c.h.u的I.O.U

---

[23] 意指將CPU超頻，即調高其預設之時脈以追求更好的效能，換句話說就是從CPU榨取可能的、更佳的表現。超頻事實上並不是萬靈丹，超頻有其極限性，大抵還是難以超越商人預定的制價區隔，也就是低價位的CPU再怎麼超頻也很難超越高價位甚至中價位的CPU。而過度超頻的CPU往往還會造成系統不穩定、當機等現象。另外有一說認為超頻雖提供了更好的效能，但超頻同時也會縮減CPU可使用的壽命。超頻起先是經濟拮据的使用者在預算有限的情況下圖謀效能的妥協辦法，可是越到後來超頻越來越像玩家展示自己能耐的舞台或是商人促銷的賣點。值得注意的是超頻並不是CPU的專利，顯示卡的圖像核心晶片GPU也常被拿來超頻。

[24] 指Cost/Performance，用以衡量一項產品的性價比跟其是否超值的口語。u則是CPU的口語簡稱。

[25] 台語口語，原指人拉肚子，在CPU方面戲稱其超頻性未有過人之處或根本未達水準。

Tick-Tock！Tick-Tock！
快來信仰入時的宗教
編舞者也是被舞編的一個
不學會怎麼揮霍就只能等著被補貨

另外有些真正的敗類
他們全身上下都寫滿了“敗類”
因為太過敗類全都敗成一類
我們好心稱這叫做智慧

無用之用不是為大用
遲早加入我們的行列

河床底下翻滾囈語的石子
水面的波影已是他們的一切　不終不始不死不滅
我們管這叫做永恆

也罷
既然沙子都可成金[26]
何不點石以為煉幣？

---

[26] CPU為晶圓切割而成，而晶圓為沙子經複雜之過程所製成作為IC的半導體材料。

Tick-Tock, Tick-Tock,
Tick-Tock, Tick-Tock,
莫爾定律加上資本主義
或是其它一些什麼足以替代它們的主義
共時輪替
於是智齒
一次就拔兩顆－

Beatrice 4-4-4-12

在我之前是誰是誰在我之前
如飛翔地上昇如上昇地飛翔
如果沒有結果恐怕只能重現
再來其中奧妙何必揣測思量

是舞者的軌跡或動畫的詭計
如藍芽般傳送或共時般串通
如聯通管相關或虹吸或毛細
是二十三度半或公自轉系統

再來大同小異何苦設想如果
如果沒有如果只有規律節奏
如墜落地下降如下降地墜落
在我之後是誰是誰在我之後

女王（行星組曲）

每一天他都是如此抱著疲憊的身軀
結束瘋狂的工作一個人默默離開沒有再見不等道別
反正如同定時的裝置或受縛的幽靈隔天他們總會出現
做著同樣的事情聊著同樣的話題回憶相同的過去
然後即使是某一支燈管開始歇斯底里地放出不均勻的光
很快它就會被替代總之整體的亮度和瓦數需要控制在一個嚴格的規範
所以從來他也不去擔心所謂燭數與視力之間的關係
他只要注意他頭頂上的燈管總是亮著且亮得均勻且合群
漸漸或許不只是他還有與他同住的人們都早就已經習慣
不再抬頭觀測曾經神秘的天體是哪一位哲人曾經說過
我們不該追求外在的事物而該往深處去求諸內在
所以他們彼此分享先人的智慧築起繁複且緊密的蜂穴
重複許多單純且簡單的行為而在一片一片閃爍的液晶裡
他們果然發現內在的世界遠比外在遼闊自然他們開始相信
他們所看到的而不相信他們所看到的或許即便是他
曾經聽說有關祂們的某些傳奇他仍感覺自己應該專注
在眼前的光畢竟他們如此燦爛不是孱弱的光芒可以相比
無垠的夜空怎麼可能度量有限的時空沒有刻度的地方也沒有方向
所以應該要去考慮的是燭數瓦數還有亮度這一類的問題
或許野雁也會張翅無悔地飛進黑暗但他們是更高貴的族裔
除了釀製更精純的蜜酒沒有任何其它事情值得在意

他們是更高貴的族裔而高貴當來自更精確更細膩的量度
他們總是追求這樣的純粹那是先人給他們的智慧
這一天如同每一天也就是說永恆地他都如此疲憊
離開他的崗位準備下一回專注的提煉
他會準備好零錢也許有些時候不會但無論如何
他會走進同樣光鮮的巢室期待看見那張夢裡的臉
她會把銅板算好給他也許有些時候不會但無論如何
她會讓他想起共存在他們心裡那個永恆不滅的形象
她是他們一切所追求的也是終其一生唯一渴望的
為了尋找她侍奉她他們懂得釀製蜜酒放均勻的光
而她只不過是一張書籤只是用來標明那個重要的詞句
那每一個重要的詞句但他願意同她共享枕邊的耳語
他將聽見她對他的呼喚永恆的光永恆的黑暗
他對她笑對她傾注無盡的需要他們可以共享此生的光
再把這種渴望不留痕跡地繫在他們的頸上無聲的鈴鐺
自會驅走那些大放厥詞的鼠輩任何覬覦她的
都要被毀滅任何人都愛均勻的光他貼近她的臉龐
那是只有至高無上才有的香氣我們當專注眼前的光
但眼前的形象啊讓她順水流去那只是一片乾枯的壓花
是她刻意留下的線索

當那誘人的網襪如海馬[27]微微弓起
最深沉的記憶便如海潮層層疊疊
　　　　捲往次第井然的海域
黑暗之中海馬淺吐微光
任誰也蜷起身子　謙卑地
等待蛻化成歲月的複眼

[27] 海馬，海洋生物，在神話中為海神坐騎，因觀賞或中藥價值常遭捕獵，傳具壯陽、鎮靜、治療神經系統疾病等功效。海馬體，因狀似海馬得名，掌管大腦記憶和空間定位。

“毒液正慢慢擴延　鎖鍊如鎖鍊
　　鬆開千年的祕密與敗血的咒詛
　　成蛹撕裂　萬雙眼目
　　蒐羅無數溢光之幼蝶
且讓盆棺歇息　在迎接下一個死亡之前
享受靈肉空無的彌留
　　巨大的成蛹飛往何處？　孱弱的子宮
難道足以負荷同樣濕潤的羽翼？　暗蕊
從不起蔓亦不生花　但卵－垂老如昔－
將循溫重回敗滅的戒尺　為了那神聖不容侵犯的循環
母子相產的連棺
　　　　　　　何種關連
又要腥血漫起？　如久釀而飽滿的膿液　花生般泛生
有萬隻複眼　受潮黑的暗陰掩覆　萬隻副眼
都在追求已亡佚的那個凝視
　　　　　　　　　　　　鎖鍊如鎖鍊
苦苦追尋子母之間曾經若有似無的連結”

“終於我們所能看見的將不會有太大改變
但那些讓我們看見的將日益精進愈類真實
總有一天如同今天所有事物難辨真偽
即使鏡子裡看見的也是虛像
我們的視力在真實的月暈下只能注視
沒有事物不是針孔成像我們仍難掩內心混亂”

“月亮的美麗我們只能看見一面
硬幣的正面總是朝上是誰躲在後面？
用她的形象造了我們
我們若不是原創何苦在意自己是誰？
我們是冬收的稻子夏產的穀
咖啡浸著我們的殼喝小賣店就連鎖地開
我們若不是原創何苦在意自己是誰？
咖啡因是個誤會沒有人會輕易地失眠
眼見為憑所有謊言都是真的
如果我們用說謊的表情去適應
那些最美好最不堪的事物
都已經在長長的啜泣裡滅頂
曾經可悲而值得同情的
隨著嘆息消失無踪
我們都曾渴望璀璨的前景
當一切不再匱乏
所有的物資沒有如何造製只有如何取得
沒有槍砲沒有壓迫沒有祖國
一切舊的事物都在新的容器重生
暴亂的發酵終歸平穩
甘醇的口感只差一個標籤
誰都不該再提起那些最美好的、最不堪的過往
褪色的記憶雖然不會消失
我們仍反覆如咖啡館裡
廉價的旋律”

所有復歸只是為了被摧毀
一個循環的結束只是另一個循環的開始

“誰能夠解釋
如此憾顫的震動？
沒有人提醒過我們
卻誰都難以忘懷
我們是如何掀起希望的頭紗
然後發現絕望的面容

巨石崩落、磚瓦坍塌
沙塵如雲吞沒
一度碧藍澄澈的蒼穹
美好的日子如幻影離我們遠去
我們在悲傷中平靜哭泣　不明所以
他們喃喃唸著　要我們附和
舊時代的結束是為了新秩序的建立

所以我們眼睜睜看著
山嶽化為平原　高樓融成沙堆　君主走入人群
隱沒在無人問起的問句

　而秩序才正要開始
　我們卻已迫不急待地
　更改所有的座標語言和信仰
　如翻滾的硬幣隨機地淪為時尚

　他們喃喃唸著　我們只是附和
　再見.. 再見.. 再見……”

那麼且專注於眼前的光
一定曾經有人這麼對你說過
進入到那個世界之前會經過一條發亮的通道
如此地溫柔如此地暖和如此地寧靜
　　喊叫　盡你所能地喊叫
因為那應許給你的靈地　已經來到

災難就降在他的身上
可是他並不迴避
末日如何瘋狂
無法背棄永生的承諾

無分別卍瓦（0 plus）[28]

無無無無無　　　無
　　　　無　　　無
　　　　無　　　無
　　　　無　　　無
無無無無◐無無無無
無　　　無
無　　　無
無　　　無
無　　　無無無無無

[28] 一般電腦之電源供應器型號為型號名加所供電力瓦數，如XXX 500W（瓦）；另外加註之xx plus指的是電力平均有效轉換之百分比，常見的有80plus、85plus、90plus，數字越大效能越好。

2100 Ultra+

莫爾定律加上資本主義
或是其它一些什麼對生命有利的策略
於是智齒一次就長兩顆

所謂文明的進程全為人類進化所設計
而企業是除了政府之外
另外一種追求幸福的手段
從Q1、Q2到Q3獲利
逐步漸增所以Q4也不能少賺
Q5跟在後頭
帶領Q6、Q7和Q8

進步來自需求
需求來自喜新厭舊地揮霍
Tick-Tock, Tick-Tock,
快跟上入時的搖擺
不學會怎麼淘汰就只能等著被重來

最新添購的習慣
本來就應該隨著週次被替換
超新後現代超級好穿卻超舊超落後趕快重灌
新的時代就需要新的典範
2010已經是過去的事
誰還在乎它是不是GTX
快來預約2100+　GT、GS、還有XTX
2012特別版無須加裝Catalyst

石油水晶到靈氣　衛星雷射到流星
愛因斯坦轉世的高階修正相對論
Quatrafire了半天
還在尋找看不見的橢圓
不如泡杯香醇的嗎啡　到世界各地去回沖
65、45然後32
22、16接著11
像個幼兒別再呆呆地數數　我們已經開發了全新的神話

Tick-Tock！Tick-Tock！
快跟上入時的神話
不學會怎麼rename就只能等著變成笑話

神話、論語還是聖經
都沒有哥白尼或伽利略來得正經
佛洛伊德在冰山底下藏了拉岡
這顆十角骰就輪流展示它的object Ultra
榮格用粉筆幫大家寫下了達爾文的Soulnata
亞美利堅就拉著支那去找Sparta

然而我們總是討厭自己的小腹
地殼底下已經塞了太多的脂肪
不如試著幫我們自己補妝
遙遠的地方總該還有可供食用的愛人775
盡管無限大的樓梯走起來無限小
1366-775, 1156, 771
樓梯站滿人　琴鍵
哪裡彈得出聲音？
2012-1221, 2012-0857

Tick-Tock！Tick-Tock！
那麼讓我們輪流忘情地跳躍
快跟上入時的舞蹈
不學會怎麼costdown就只能等著被忘掉－

有群老頭每晚都來找我
他們牙齒已經掉光所有的事情也都忘掉
我總幫他們換上新的齒臼
說嚼著嚼著哥倫布就會發現新大陸
但沒提醒後來裝上的劣齒
有一天會痛得讓他們哇哇叫
那是以後的事情讓我們以後再來煩惱

眼前讓我們解決進步必經的歷程
86, 88加88
等於95, 96加98
（88-98）SLI → 易經太極 + 八卦
tick-tock寶貝神奇的半衰
不如半衰的神奇寶貝tick-tock-
Chu！ 神聖的一吻定下了永生的契約
我們從不懼怕father伊甸和mother女媧

所以不用擠排隊入列
有多少的面額就re多少的腳位
雖然吃飽的小豬終究要被打破
我們已經備好等胖的豬仔就等你來投資
讓我們一同享受這空前的進步
86, 88加88
等於95, 96加98
（秦始皇復刻，三國副本－來啦－！）
（嘿！－）快來跟上入時的舞蹈
不學會怎麼reboot就是枉顧自己的義務

Tick-Tock！Tick-Tock！
拜占庭代工出貨　偉大
共和國出品的小豬　肥嘟嘟－
Tick-Tock！Tick-Tock！
沒有產品不會半衰　沒有盤商不綁保固
快樂地喜新厭舊　謙卑地換貨回收－
Tick-Tock！Tick-Tock！
Tick-Tock！Tick-Tock！
Overclocked C/P u！
Everlasting C-H-U！

有些敗類還在默默地崇拜
以為自己的u不會烙賽
信仰不過是有系統的想像
I告訴U：
人生的劇本已經寫好隨便你看
但是要全力以赴
為了署名c.h.u的I.O.U

Tick-Tock！Tick-Tock！
快來信仰入時的宗教
編舞者也是被舞編的一個
不學會怎麼揮霍就只能等著被補貨

另外有些真正的敗類
他們全身上下都寫滿了“敗類”
因為太過敗類全都敗成一類
我們好心稱這叫做智慧

無用之用不是為大用
遲早加入我們的行列

水晶球裡氤氳瀰漫的電霧
球體閃爍的火花才是一切的救贖
不終不始不死不滅
我們終於掌握了永恆

好吧
既然沙子都可成金
何不點石以為煉幣？

Tick-Tock, Tick-Tock,
Tick-Tock, Tick-Tock,
激新莫爾定律加上爆後資本主義
或是其它一些什麼足以替代它們的主義
共時輪替
於是智齒
一次就埋兩顆－

莫德烈

這是一個很簡單的邏輯
如果你不是白人或者你沒有當權者的血統
更糟的是如果你有著所謂低等民族的血統
那麼你要不就是反派要不就是可有可無的配角

這是一個很簡單的邏輯
這個世界就是一場電影
你可以察覺他們看你的眼神
不只因為你說不一樣的語言
有不一樣的膚色或來自不一樣的地區
那不是單純的好奇
他們在期待你做些不一樣的事

反派的後代也應該是反派
廢物的後代也差不多就是廢物

這是一個很簡單的邏輯
如果你能早一步佔到位子
揚棄禮儀、關愛或良知這些無用的東西
你就能有一趟愉快的旅程
如果你能早一步佔到所有的位子
你就能分配你屬意的車次

這是一個很簡單的邏輯
如果你有足夠巨大的財富或權力
你就能決定別人生活的方式
通用的語言
度量的繩準
你甚至可以輕易改變他們的信仰

如果你是白人
你就會有一個白人的上帝
如果你是人類
你就會有一個人形的上帝
所有的福報所有的災難
都以人類做為中心
所有的傳說所有的時間
都以人類做為標點

但這是一個很簡單的邏輯
如果你尊貴如同我們
你不會想被想像或化身成為鼠蟑
而對於這些那些
所謂很簡單的邏輯　當然
也不會在意

軍釘

服服貼貼　井然有序
直挺挺地彼此對齊
捶平的軍釘
往下延伸
根織疼痛交掩的肌理
某一種疼痛
卻斜臥
壓迫牙床扭擰隊列
複雜了咀嚼
蔓腥發炎的樂曲
木桶的水位決定於最短的木條
誘惑的蜜束於花苞
期待超於想像的破裂

鬥雞

氣宇昂揚地
矗立於屋頂
隨風起舞
憤怒
暗室裡
懵懂的幼雞萬頭鑽動

紅。1989

紅色的騎士向我走來
你要表達什麼訊息
那顏色是憤怒還是悲情
我從你衝冠的鬃焰無法涵蓋
　　午夜是你的居所
　　仍然我看不清你的容顏
我只是受正義的封
推轉時代的齒輪
如此而已

　　你為何向我走來？
　　　為何選擇這個色彩？

紅色的騎士
如果我能說服你
與我同坐身著同樣顏色的襯衫
你是否能夠同樣目不轉睛地注視那
我們曾以為的
遲來的正義？
我只是受權力的封
執行無關信仰的勤務
如此而已
　　但在那個時代紅色就是紅色
　　沒有其它的紅色
　　你向我走來
　　沒有問我
　　為何選擇這個色彩

紅色的騎士
你且悠悠走過這最長的一日吧
不要望向柵欄的那端
不要相信煽情的呼喚
你只是受封於修辭
那隻射往權力的箭

　　你向我走來
　　頭頂金色的冠冕

我曾相信那是正義的顏色
直到我見識到它是如何同樣
高貴且容易展延

死亡證明

夜晚已經睡得很熟
心臟很清醒地在心電圖上遊走
守靈只是一種漫無目的的等待
裝腔作勢地要黑暗離開

清晨　還要再更晚一點
巡房的腦袋就要來了
所有的符號只是要我們噤聲
信仰顏色指涉的　非黑即白

壁虎的腹語嘲弄地為我們指引方向
在診斷書領我們至下一站前我們要走得安詳
膠囊和針筒都不脫季節性的圖謀
正義已深深地穿進胸口我們哭喊天父在一陣陣的咳嗽

小小

小小的城市是一顆蛹
小小的城市是一只樹瘤
小小的城市是一口井
　　藏匿最不該被揭露的秘密
小小的我是一株蛹
小小的我是一片樹瘤
小小的我是一潭膿
小小的我在腐敗
小小地　小小的我　小小

植物圖鑑

有誰可以告訴我金瓜石的花語
有誰可以告訴我北投的花語
我正在吃著地瓜
不知道地瓜的花語
在下一個屁放出來之前
求求你　告訴我地瓜石的花語

有人說只要詳細閱讀
編繪完整的地圖
就可以找出前往頓悟的道路
可是我只想知道哲學之道的花語
我只想知道比利時的花語
在下一個屁放出來之前
求求你　告訴我蔣介石的花語

我問了puma　我問了lama
我問了KaKa還有Lady GaGa
只是要知道mama
的花語　可是沒有人願意透露
Ah-Ah　HA-HA 恰恰
我只是想知道安格魯薩克遜的花語
求求你　在下一個屁放出來之前
告訴我　告訴我安波魯13號的花語

我快要忍不住了！
我一定得知道道可道非常道
你既不是魚怎知魚不快樂的花語
我一定得知道123456789甲乙丙丁子母姨媽媽咪媽咪魟
的花語　求求你！
求求你！

邪惡之庸俗性

Facebook上的照片換成了帥氣的軍裝
俐落的三分頭下顎微縮眼神精銳
胸前別上硬幣般大小的徽章
彷彿認證合格的品牌或者封口的紅泥
那就是身分一庸俗的象徵
再怎麼神聖或麻煩都是例行的日常　比方
減少印量總會走強
偉大的意志無遠弗屆
黑白棋和圍棋各擅勝場
姑且不論意符意指　可怕的其實是通貨膨脹
再完美的意象或終將稀釋
路西法的橡皮圖章

騷動

像夢境那般真實卻不是夢
蠢蠢欲動如地震前的虛晃卻靜謐
透過彩窗闊展的雙翼
肩上沉沉的釉　單臂
將劍高高舉起
輕騰

兵馬俑

那人荒漠所見不過是你的分身
哪怕斷去四肢只剩軀幹
無上的權威和力量
仍在黑暗中醞釀蓄勢待發
籠裡繞圈即將出閘的猛虎
不是花飾的金鳥所能安撫
軍令一下萬朝都要歸復
踏破四方神號鬼哭
只有仙丹能讓帝王不致瞌睡
黃沙滾滾天地亦無法長眠
治喪至此你已無需僕佣
隨我思我所思見我所見

悟道

他從來也不質疑且不輕易開口　畢竟
他已厭倦所有困難的問題答案總以一指示之
　　結束了第一天的行程他就下山
　　因為最高深的哲理或者說無窮快樂的道理
並沒有人向他敘說－除了那一指
這涉嫌廣告不實
　　　　　　到底有多少人真的理解所謂頓悟
可能比費洛蒙來得更為膚淺　而身心的圓滿狀態
是來自運動後的高度滿足
　　硬要挑剔　就是會員資格沒有累進　而即使有
也難保可攜　能從A社換到B社　如此而已

　　所以為什麼大老遠要到山上去踩跑步機？
　　買花供佛換得一次灌頂好複雜的手續
佛明明不言一語何苦惹腥
　　其實鈔票就是供品只是他們不把它擺上供桌而已　如此而已
　　左手拿錢右手灌頂　他們倒蠻懂得什麼叫銀貨兩訖

市場的哲學要有叫價的本領
那該死的老闆不知哪學的禪理　也示我一指
我一時火大反以一指示之
他亦還我一指　最後我倆的緣分就結於一紙

迎面而來一位身著光鮮
笑容和藹的師父頭皮磨得燦晶
托缽求緣我手裡卻只有剛剛到手的佛禮　往後一望
又見一位托碗高僧蒙面素衣我實在拿不定主意
「這也可以。」
他老兄答得乾脆一手接過　我示他一指
他隨即取下佛鍊倒也是深諳禪意之人
目送他我見他剝著果粒沒來由一顆猴頭在我腦裡大喊：唧唧

捻著精珠我暗自數數
半途而廢可真虧了一佛祖　沒領證書不說
連退款也沒得囉嗦
悟道也講禮俗　花樣比泡沫紅茶還多

我想著愛唱歌的喇嘛愛講道的仁波切　個個面目清晰
最後還是選了素昧平生的魯肉僧
摸摸肚皮再抓抓胯下
老闆娘就露出求知若渴的笑容　我低頭回禮「阿彌陀佛」
他們乘大乘之機行小乘之理　我以小乘之理渡大乘之機
下了山雖然已經三十好幾不免俗還是該受個洗

話說這老闆娘真有慧根　我示她一指
她馬上就進階到兩指三指
套上精珠我有如佛助　不僅有心還很金剛
悲智雙運我看這應該有D

　　禪學的最高境界在於知男而退
替她灌頂之後我便悄悄出家
為了斬不必要的塵緣用佛鍊換了屠刀

一個晃眼竟然已無天光
燈紅酒綠沒蔣佛也只能屈就長凳
　　打坐之餘打打蚊子
　　多少凡夫俗子　因此
受我超渡佑護

昏昏沉沉猶記才剛闔眼　一位施主
竟同我拍肩要我讓位
　　　　　　　　　所幸我心定如蓮一指示之
盼顫其凡心歸於佛門
不料其返還一指　劣性難忍
我將他一壓寶劍一落　剎時一切雲霧盡數散去
　　原來這就是為何
　　他們蓬勃但受我憎惡
那人示我的那指再也不能向他人示之

連夜趕路因為我已完全頓悟
蜿蜒的山路有溪流橫渡
我放下屠刀跨至彼岸　我已不再是從前的我

數年之後或許你也聽過
眾人求道於我　而我
總以一指示之

綠

一切都從一場遊戲開始

如果旅程的終點是死亡
我們能否泰然走向我們的命運？
我們像野草無法停止欣羨
更豐美的土地
於是無法停止遏阻比我們更複雜的族裔
然而我們拿什麼與我們的摯友交換？
當綠色的血淹過通往榮耀的階梯
我們應當卸下
腰際那可笑的儀禮

發願

修成的高僧暗自發願
地獄不空　誓不成佛
於是地下的宮殿就富麗起來
與人間的廟宇分庭抗禮

光盤

架上總是會有
各式各樣我需要或者不需要
我所渴望或者我未曾想像
曾經存在應該存在不可能存在或不該存在的

只要上架就有可能
架上的世界遠比窗外的遼闊
我不再遠走不再到處追尋
被窩很溫暖包廂很安靜
我只需要一個人
潛進燦爛的時光旅行

不要煙臺不要針筒不要撥放器
慢慢地讓它切進我的眉心
我甚至不需眼睛
超越時空的禪坐

所有的秘密都將被解開
內在的世界遠比外在寬闊
讓所有僅存、畸零的思想神遊
最後、最盛大的變形嘉年華
不要再為光的速度操煩
我們需要的只是一張光盤

標準化測驗

那聲音模糊但確實存在
藏在另一個聲音沉穩且頑固
何種頻率如此立體　「周三將有大雨
氣溫19-26度」
朦朧如薄霧層蔽的夢土

究竟誰在喃喃低語　在另一個聲音之後
（不知）是自訴或追求對話
或埋伏於標準化測驗巧妙之舞弊
「你走在鋪滿荊棘的道路　是否
還要接著踏上刀梯？」　沒有……　萬無一失……
誰……　　那聲音模糊但確實存在

取下耳機讓更多聲音湧入
它卻仍於耳際來回穿梭
重來……　不得……　選擇……

測驗已經進行到一半
倘若現在離開便是棄權
我只能繼續下去
「(A) 聖嬰現象　(B) 焚風效應
　(C) 地殼遷移……」
一……　若記……　下降半音……

節拍器

為了競賽的緣故
在絕對準確的節拍器旁放上另外一個
兩個節拍器經過一段時間
都打上了相同的拍子
而為了競賽或什麼其它的原因
將一大群節奏不同的節拍器放在一起
最後竟也全變得同步
精不精確不很確定但毫無疑問地一致
像充滿幻象的靈擺
叫人目不轉睛

變形蟲

與其說差異不如說相似
才是最完美的形式
（如有捷徑可走何須遠行？）
演化只是為了證明那些
類同多麼無懈可擊
最好的特徵才當被複製
而我們就是最佳的形式
分毫不差的無性生殖

當鏡像也難以比擬
你此刻的心情
何苦等待胚胎
針孔成像
與其相信（時）光的偽足
不如
剪斷基因的鍊
從四度空間借調
共享心智的觸角

雙胞胎間長存的默契
心電感應那樣直接的刺激
無數的無盡熟悉的友人
才能體驗更為無限的次元
平行地
但不隨機地
蒐集每一種結局
趁差異還不明顯時
適度地變形

綠光

I.
濾光
籠罩死國
覆蓋懵懂的春意
我們應當在最豐美的時刻死去

II.
最後一級
終將踏入前人未至的領域
已經沒有回頭的餘地
天光
刨梳
莫非空無也有紋路？

III.
不當回望
從身後追來的常非我們所能想像
異香撲鼻
萬卵蠕舞雌雄難辨

IV.
越往上攀
越是疑惑
越是平靜
越啟疑竇

綠光孔照
難道這並非永恆最後的階梯
超凡入聖的境界？

V.
綠輝閃爍
重重綠影我們行列分明
低誦詩歌
眼前就是雲際

VI.
前呼後應
我們從未精神如此抖擻
前足一落就有後腳跟上
綠光迴繞
我們驕傲
並肩闊步
山嵐跟著我們的踏步迴盪
幽谷為我們頌揚

VII.
綠光籠罩
霧氣也跟著我們抽長
有股力量讓我們全神貫注
我們將跨過遠方

VIII.

戰戰兢兢
戒慎恐懼
綠光籠罩
我們當步步為營
聽那風聲咻咻
看那霧影繚繞
綠光籠罩
雖有險阻
希望與我們同行

IX.

仰頭
任光傾瀉
這恩典將蛻去我們的柔弱
將我們化為更完美的形態
如劍般筆直
如劍般寒冽
如劍般刺入
光影斑駁的天際

X.
我們已經等過一個冬季
等過了強壓於我們的夢境
太多的憧憬　或者說期許
如同層層含苞的春意　要在颯颯祝禱聲裡張開她
空洞的淚眼

而為了變得空洞　我們必須虛心
仰先人之鼻息並在等待中崢嶸
為了變得空洞　我們必須心虛
垂首以逃避他人的覬覦

XI.
綠光籠罩
有種幸福的氛圍　或者說預兆
像冬根啃著地道　呼喚那久眠的痛覺

XII.
轟一
隆作響的雷
是天使的號角
四月
最值得歡慶的季節！

XIII.

綠光籠罩
慵懶地遲鈍地顢頇地
剝開寒地　回應尚未開啜的凍雷

那雷聲尚未嘹亮
尚似剛破殼的幼雛
閉著眼瑟縮著身
但我們將張開羽衣
直奔刺眼的日光

孟山都[29]

透過放大鏡去看展覽櫃裡的玄米
都城聳立
但要用多高倍數的顯微鏡
才能逮土裡的賊？
我們若是神的應許之地
是誰在我們的血裡移樑換柱？

[29] Monsonto Company，國際生技公司，以落葉劑、基因改造植物及專利種子等產品廣受批判。

in medias res

我們總會察覺
我們不在最後　也不在最初
最初我們想著的總是以為會有最後

而最後我們終於明白
那最終的最初是我們所不能染指
我們總當察覺
回頭是歷史　往前是未知
我們立於現在
沒有過去　也沒有未來

是誰可以告訴我們
那些種種冒瀆的譬喻
於是我們可以按圖索驥
找到救命的線頭

可是從來就沒有進來的門
遑論出去的路
我們不是墜毀就是腐化成白骨

信仰的人有福了
至少他們還相信那被賜角的
就要來了

於是我們從夢境中醒來
伴隨喜悅或哀痛的哭聲
我們將如何知道
雖然我們總當察覺
我們正在一個最侷促的片段
沒有方向　也毋須回頭

水煙

偶遇　在任何時刻
街道或者屋邸
是那麼陌生熟悉而且熟悉

是想像或是回想
萬千似曾相識的景像
只在瞬間的靈光匯集

也只有在如是不凡的時刻
我們才能體認平凡的意義
在如此無私
無邊的空氣
感受彼此穿梭在對方的肺葉
祂的一管水煙
體驗
非常純粹
勞動的喜悅
堆起巴別塔的
西西弗斯們
與工頭玩著
必勝的疊疊樂

為了毀滅而存在的喜悅
是不斷再生的羊毛
披掩全知
全能才匹配的肉軀
而所謂宿命
是一場沒有終點的賽跑

接過棒子
我全力衝刺
一圈又一圈
直到我被我的命運擊潰
直到有人
從我身後接過棒子
分秒必爭
沒有他們就沒有我們

無波的水面
承載無盡的表面張力
浪濤為平靜而生

不管是誰
都為巨靈效忠
—唯一的知識之源—
做為農場飼育神聖的血肉
糾根　展枝　落果
透過我們
翻擺多結萬念的觸手

建造始於毀壞
我們在注定的死亡中茁壯
更多的死亡
推著巨石向上
為了將其磨得渾圓

所有的墜落都是獎項
都將穿過無聲的獎洞
再次彈升

杜拜

譬如章魚八爪
葉脈狀的觸角往無邊海天散去
七星級的綠洲
飽吸貨幣鼓動油黑心搏
植栽通天的棕櫚

六天的努力值得最後的假期
讓戀愛伴隨貨櫃降臨
鮮豔地貼上首飾、衣裳或皮件
連同糖、水和鹽分
加速新陳代謝的累積

且讓感官代替我們
乘坐各樣款式的四輪跑車
盡情洗滌身心靈
並在某個時刻終也將
登上雙軌反轉的螺旋塔
窺看早已束之高閣
的唯一真理

謠傳所謂靈魂
並不潛伏於軀幹而似薄膜
皮膚那般包覆我們的身體
或許為的是某日方便將我們自己包起
如圓滾滾的垃圾袋
沉進神秘的深海
建造新的海埔新生地

保單

「該如何向客戶推薦我們的優勢？」
「按月繳，月月繳，年年繳，繳少少；
傷病返金，雙繳優惠，押單借款
折扣利率，期滿加倍一次領回。」
「他們繳這麼少真的期滿怎麼辦？」
「放心，那樣的事不會發生。」

【上帝在天國也要教會】

上帝在天國也要教會
耶穌也要忠僕
忠僕也要撈點油水
沒有任何薪俸足夠
任何委任都要消耗
而消耗是時間的隸屬　除非
所有劇本都已寫好
所有可能都被收錄　沒有瑕疵
毋須專人
如果不滿意就等待轉接
教徒請按 1
非教徒請按 2
要重聽請按 3

朝聞道，夕死可矣

（Who Real Cool？）

We real cool
老媽也開始嬉皮搞年輕人的玩意
圍兜要拉到大腿多別幾枚笑臉
Let's go Hoopy! We

Real cool
再集一點再加99元
就有小米想夾的娃娃　爸爸
叫Mary學習"微波請按1"
Let's go Bumgie
Wii!!

剽竊

身為一個海盜難免有一點點借用的必要
一點點拿到新課本後簽名塗改的必要
作為「現在」的陳腐我們是永恆的君主
孤獨地漁獵於這漂浮的熱蘭遮城
如何讓我遇見你在你最美麗的時刻
撩起那輕薄的裙衣解開十二只鈕扣
為這佛得花個五百年練習一首沒有結尾的賦格
且讓我們相縫如兩條魚戚戚嬰禽
眾弦俱寂　我們是唯一的高音
如果遠方有戰爭我們當在這裡補上一槍
及時獵取我們最動人的圖像　乒乒乓乓
當假的跟真的一樣真的就跟假的沒兩樣
一旦我們遇見與自己一模一樣的人
不要問我公理與正義的問題
漂木無故　因為風的緣故
沒有任何時刻比現在更為嚴肅

簽

按捺不住的是等高線般無知的印
指證難以計數的生物跡證好比風景
層層海拔間勾勒無名的山林獸禽

等高線般迂迴的印圍繞
環環樹心
塔樓林立　候鳥成群

等高線般艱澀的印　錨定[30]
層層浪梯　盡收海景

這時間和天地都將走向的秘印
是萬物的歸屬　睥睨洪荒的敘述

等高線般糾結的印　壓印
與片片腦葉紋路相吻打開頑固的鎖
流星雨群般等高烙穿環環雲沫
快抄複寫
萬層千疊

---

[30] 指當做評估時受到一個基點的影響。

黑子

日光已經偏向那頭
黑色的十字架下落
躲進掏空的墓塚
如閃著金光的騎士
復活
帶領所有背信的雁影
航向日落

單獨那麼
恰如其分地
一疊紙磚枕在墓頭
已經不需要柑橘
或是墳紙
深陷的眼窩
是攢日的靈柩
騎士
頭頂金冠
羊群受誰的差？

當金色的鎧甲
呼應金色的想像
惡水只是開始
黑色的羽翼
當落入焚日
重生為背金光的騎士
刨影誦詩

2010GTX

作　　　者／來　者
圖 文 排 版／詹凱倫
封 面 設 計／陳佩蓉
出 版 發 行／來　者
印 製 機 構／秀威資訊科技股份有限公司
114台北市內湖區瑞光路76巷65號1樓
電話：+886-2-2796-3638　傳真：+886-2-2796-1377
http://www.showwe.com.tw

出版日期：2013年11月POD一版
定價：150元

國家圖書館出版品預行編目

2010GTX / 來者著. -- 一版. -- 臺南市 : 莊孟樵, 2013. 11
面 ; 公分
POD版
ISBN 978-957-43-0970-2 (平裝)

851.486 102022282